I0686526

BELLEROPHON

TRAGEDIE.

REPRESENTE'E
PAR L'ACADEMIE ROYALE
DE MUSIQUE.

On la vend
A PARIS,

A l'Entrée de la Porte de l'Academie Royale de
Musique, au Palais Royal ruë S. Honoré.

Imprimée aux dépens de ladite Academie.

Par MILLE DE BEAUJEV, Imprimeur.
M. DC. LXXIX.

Avec Privilege de Sa Majesté.

TRAGÉDIE

REPRÉSENTÉE

A PARIS

LE ROY ayant donné la Paix à l'Europe, l'Academie Royale de Musique a creu devoir marquer la part qu'elle prend à la joye publique par un Spectacle, où elle puſt faire entrer les témoignages de ſon zele pour la gloire de cet Auguſte Monarque. Elle s'y eſt creuë dautant plus obligée, que la protection qu'il donne aux beaux Arts les a toûjours fait joüir, pendant le cours méme de la Guerre, de l'heureuſe tranquilité qui leur eſt ſi neceſſaire. C'eſt ce qui a donné occaſion à cette Tragedie en Muſique. Le Theatre repreſente d'abord le Parnaſſe François. Apollon y vient avec les Muſes celebrer le retour d'une Paix ſi glorieuſe à la France. Pan & Bacchus y arrivent en méme temps, & ſignalent leur joye par des Dances & par des Chants d'allegreſſe. Mais Apollon pour mieux divertir le plus Grand Prince de la Terre, imagine ſur le champ un Spectacle, où luy-méme avec les Muſes veut repreſenter l'Hiſtoire de Bellerophon. Chacun ſçait que ce Heros combatit autrefois la Chimere, monté ſur Pegaſe, & que ce fut d'un coup de

pied de ce Cheval que nâquit enfuite la fameufe
Fontaine qui infpire les Vers, & qui a fait naître la
Poëfie. On ne fçait pas trop bien qui eftoit le Pere
de Bellerophon. Les uns tiennent que c'eftoit Glaucus, les autres le font Fils de Neptune ; & c'eft fur
cette diverfité d'opinions qu'on a formé l'intrigue
de cette Piece, & l'Oracle qui en fait le nœud. Amifodar eft un Perfonnage Epifodique, fondé fur ce
que quelques Mythologiftes raportent fur cette
Fable, qu'il y a eu une Femme nommée Chimere,
qui époufa un Roy de Lycie, appellé Amifodar.

Acteurs du Prologue.

APOLLON.
LES NEUF MUSES.
BACCHUS.
PAN.
CHOEUR d'Ægipans & de Menades.
CHOEUR de Bergers & de Bergeres.

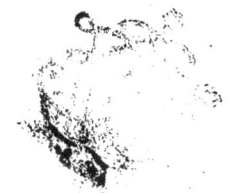

ACTEURS DE LA TRAGÉDIE.

PALLAS.

IOBATE, *Roy de Lycie.*

STENOBE'E, *Veuve de Pretus, Roy d'Argos.*

PHILONOE', *Fille d'Iobate.*

BELLEROPHON, *creu Fils de Glaucus.*

AMISODAR, *Prince Lycien, Sçavant en Magie, Amoureux de Stenobée.*

ARGIE, *Confidente de Stenobée.*

SACRIFICATEUR.

Miniftres du Temple d'Apollon.

LA PYTHIE.

TROVPPE *d'Amazones.*

TROVPPE *de Solymes.*

TROVPPE *de Magiciens.*

CHOEVR *de Peuple.*

LA SCENE EST A PATARE CAPITALE
du Royaume de Lycie.

PROLOGUE.

Le Theatre reprefente vne agreable Vallée, en forme de Cofteaux delicieux, au fond defquels paroift le Mont Parnaffe à double fommet, & entre les deux, la Source de la Fontaine d'Helicon. Apollon eft affis au haut de cette Montagne, accompagné des Neuf Mufes, qui font auffi affifes des deux coftez.

APOLLON.

MUSES, preparons nos Concerts.
Le plus grand Roy de l'Univers
Vient d'affeurer le repos de la Terre;
Sur cét heureux Vallon il répand fes bien-faits.
Apres avoir chanté les fureurs de la Guerre,
Chantons les douceurs de la Paix.

CHOEUR DES MUSES.

Apres avoir chanté les fureurs de la Guerre,
Chantons les douceurs de la Paix.

APOLLON.

Par cét Augufte Roy la difcorde eft bannie.

Pour tous les Dieux sa gloire a tant d'appas,
Que Pan luy mesme oubliant nos debats
Vient icy de nos Chants augmenter l'harmonie.
Bacchus ainsi que luy vient se joindre avec nous,
Pour rendre nos accords plus charmants & plus doux.

Bacchus entre icy d'un costé, accompagné d'Ægipans & de Menades, & Pan entre de l'autre, suivy de Bergers & de Bergeres.

BACCHUS.

Du fameux bord de l'Inde, où toûjours la Victoire
Rangea les Peuples sous ma Loy,
Ie viens prendre part à la gloire
D'un Vainqueur aussi grand que moy.

PAN.

I'ay quitté les Forests ou je tiens mon Empire,
Pour venir comme vous admirer ce Heros.
Nos Plaines & nos Bois luy doivent leur repos,
C'est par luy seul qu'en nos Champs on respire.

TOUS ensemble.

Chantons le plus grand des Mortels,
Chantons un Roy digne de nos Autels.

CHOEUR D'APOLLON, ET DES MUSES.

Par luy tous nos champs refleurissent.
CHOEUR

CHOEVR de Bacchus & de Pan.

Les tranquilles plaisirs par luy sont de retour.

CHOEUR d'Apollon & des Muses.

De son nom seul les Echos retentissent.

CHOEUR de Bacchus & de Pan.

Si l'on soûpire encor, ce n'est plus que d'amour.

CHOEUR d'Apollon & des Muses.

Tout rit dans nos douces retraites.

CHOEUR de Bacchus & de Pan.

Rien ne vient plus troubler le son de nos Musetes.

TOUS ensemble.

Chantons le plus grand des Mortels,
Chantons un Roy digne de nos Autels.

Les Bergers & les Bergeres commencent icy une Entrée, apres laquelle un Berger chante les deux couplets suivants, qui sont entremeslez de Dances.

CHANSON d'un Berger.

Pourquoy n'avoir pas le cœur tendre?
Rien n'est si doux que d'aimer.
Peut-on aisément s'en défendre?
Non, non, non, l'Amour doit tout charmer.

e

Que sert la fierté dans les Belles ?
Tout aime enfin à son tour.
Voit-on des rigueurs eternelles ?
Non, non, non, rien n'echape à l'Amour.

Apres cette Chanson, les Ægipans & les Menades
font une Entrée, laquelle estant finie, les Bergers &
les Bergeres se meslent avec eux, & ils dansent tous
ensemble. Cette derniere Danse est suivie de ce Dia-
logue de Bacchus & de Pan.

PAN.

Tout est paisible sur la Terre,
Voicy l'heureux temps des Amours.

BACCHUS.

Ils n'ont plus à craindre la Guere,
Qui des Amants troubloit les plus beaux jours.

PAN.

Aimez, Bergers, aimez, Bergeres,
Suivez vos plus tendres desirs.

BACCHUS.

Si l'Amour a des maux il a mille plaisirs
Qui rendent ses peines legeres.

BACCHUS & PAN.

Si l'Amour à des maux, il a mille plaisirs
Qui rendent ses peines legeres.

APOLLON.

Quittez de si vaines Chansons.
Il faut par de plus nobles sons
Honorer en ce jour le Heros de la France.
Transformons-nous en ce moment,
Et dans un Spectacle charmant
Celebrons à ses yeux l'heureux Evenement,
Qui jadis au Parnasse a donné la naissance.
Allons, pour ce grand Roy redoublez vos efforts,
Preparez vos plus doux accords.

TOUS ensemble.

Pour ce Grand Roy redoublons nos efforts,
Preparons nos plus doux accords.

FIN DU PROLOGUE.

BELLEROPHON,
TRAGEDIE.

ACTE PREMIER·

Le Theatre reprefente vne avant-court du Palais
du Roy, au fond de laquelle paroift un grand Arc
de Triomphe, & au delà, on découvre la Ville de
Patare, Capitale du Royaume de Lycie.

SCENE PREMIERE.

STENOBE'E, ARGIE.

STENOBE'E.

ON, les foûlevemens d'vne Ville rebelle
Ne m'ont point fait quitter Argos.
C'eft l'Amour feul fatal à mon repos,
C'eft le cruel Amour qui dans ces lieux
m'appelle.

A

BELLEROPHON

Pretus n'est plus, & desormais sa mort
  Me rend maistresse de mon sort ;
  Ie puis donner un Diadème,
Et viens en cette Cour faire un dernier effort
  Sur le cœur d'un Ingrat que j'aime.

ARGIE.

Quoy, de Bellerophon l'outrageante froideur
Ne peut de cet amour dégager vostre cœur ?

STENOBE'E.

Malgré tous mes mal-heurs je serois trop heureuse,
  Si les mépris pouvoient guerir l'amour.
Ma fierté dés long-temps par un juste retour,
M'auroit fait triompher de ma flâme amoureuse ;
Mais helas ! ma tendresse augmente chaque jour.
Malgré tous mes mal-heurs je serois trop heureuse,
  Si les mépris pouvoient guerir l'amour.

ARGIE,

Contre Bellerophon vostre aveugle colere
Aux plus sanglants effets devoit s'authoriser ;
L'amour vous le fait voir toûjours digne de plaire,
  C'est assez pour vous appaiser.

STENOBE'E.

Helas ! à quel exceʒ je portay ma vangeance !
  Ie l'accusay malgré son innocence
De vouloir m'inspirer une coupable ardeur.
Ce fut pour luy ravir & l'honneur & la vie,
Que Pretus l'envoya cheʒ le Roy de Lycie.

Et quels troubles alors ne sentit point mon cœur!

En vain, quand l'amour est extrême,
On veut perdre un Ingrat qui nous ose outrager.
On prend dans ses mal-heurs plus de part que luy-
mesme.
Helas! quand il se faut vanger de ce qu'on aime,
Qu'il en coûte pour se vanger!

ARGIE.

Ne redoutez plus rien; ce Heros invincible
Aux plus affreux perils tant de fois exposé,
A sa valeur a trouvé tout possible.
Quel triomphe pour vous s'il vous estoit aisé
De rendre enfin son cœur sensible!

STENOBE'E.

Du moins Bellerophon n'a jamais rien aimé,
C'est à la gloire qu'il se donne,
Et son cœur peut estre charmé
Par les offres de ma Couronne.

Espoir, qui seduisez les Amans mal-heureux,
Pourquoy suspendre ma vangeance?
Ie sçay, je sçay combien vous estes dangereux,
Ie sçay que vous allez entretenir mes feux,
Et redoubler leur violence;
Cependant vous rentrez dans mon cœur amoureux,
Et je sens qu'avec vous il est d'intelligence.
Espoir, qui seduisez les Amans mal-heurcux,
Pourquoy suspendre ma vangeance?

SCENE II.

STENOBE'E, PHILONOE', ARGIE.

PHILONOE'.

REyne, vous sçavez qu'en ce jour
Ie reçois un Espoux de la main de mon Pere.
J'attends le choix qu'il en doit faire
Entre tous ces Amants qui remplissent sa Cour.
Obtenez qu'il n'en delibere
Que de concert avec l'amour.

Qu'il est doux de trouver dans un Amant qu'on aime
Un Espoux que l'on doit aimer !
Lors que le cœur a choisi de luy-mesme
Le seul Objet qui pouvoit l'enflamer,
Qu'il est doux de trouver dans un Amant qu'on aime
Vn Espoux que l'on doit aimer.

STENOBE'E.

Quoy, Princesse, à l'amour vous auriez pû vous rendre?

PHILONOE'.

En vain j'ay voulu m'en défendre.

STENOBE'E,

Et qui donc aimez-vous ?

PHILONOE'.

Vn Heros que les Dieux
Ont fait des Conquerans l'exemple glorieux.
Eſtimé dans la paix, redouté dans la guerre,
Il eſt, & la terreur, & l'amour de la Terre.

Si pour chercher à vaincre il court dans les hazards,
A ſes premiers efforts ſes Ennemis ſe rendent,
Et s'il aime, il n'eſt point de cœurs qui ſe défendent
De ſes premiers regards.

STENOBE'E.

Ah! c'eſt Bellerophon.

PHILONOE'.

C'eſt luy, je le confeſſe,
Ne condamneZ point ma tendreſſe.
Quand mille exploits fameux parlent pour un Amant,
Peut-on reſiſter un moment?
Apres avoir vaincu deux Nations guerrieres,
Bellerophon améne en ces lieux fortunez
Les AmaZones priſonnieres,
Et les Solymes enchaînez;
Il poſſede mon cœur, je puis tout ſur ſon ame.
Reyne, favoriſeZ une ſi belle flâme.

SCENE III.

STENOBE'E, ARGIE.

STENOBE'E.

ET je croyois qu'aucune ardeur
N'eût jamais enflamé son cœur?

ARGIE.

Un cœur qui paroist invincible
Peut estre un temps sans se laisser charmer;
Mais on a beau se défendre d'aimer,
Le moment vient d'estre sensible.

STENOBE'E.

C'en est fait, l'outrage est trop grand.
Si ses cruels refus faisoient tort à ma gloire,
Au moins il m'estoit doux de croire
Que mon cœur soûpiroit pour un Indifferent.
Mais il aime, & c'est la ce qui me desespere,
Vne autre a fait ce que je n'ay pû faire.
Venez, haine, vangeance, & versez dans mon cœur
Votre poison le plus funeste.
Vous ne sçau iez m'inspirer trop d'horreur
Pour un Ingrat que je deteste.
Suivons, suivons ce desespoir.
Il faut pour vanger mon outrage

Qu'Amisodar serve ma rage;
Son Art dans les Enfers luy donne tout pouvoir.
Il en peut évoquer quelque Monstre effroyable
Qui porte le ravage & la flâme en ces lieux,
Il m'aime, & si sur luy je veux jetter les yeux . . .

ARGIE.

Le Roy vient, contraignez l'ennuy qui vous accable.

SCENE IV.

LE ROY, STENOBE'E, ARGIE, Suite.

LE ROY.

Ontre *Bellerophon, j'ay fait jusqu'à ce jour*
  Ce que Pretus pouvoit attendre
  De l'aveugle Zele d'un Gendre.
Vous vouliez comme luy qu'il perît dans ma Cour.
  D'abord, sans connoistre son crime,
J'abandonnay sa teste aux rigueurs de son sort.
  Pretus croyoit sa perte legitime,
  C'estoit assez pour resoudre sa mort.
Mais enfin il est temps de vous ouvrir mon ame,
Apres qu'il s'est rendu l'appuy de mes Estats,
  Je dois me conserver son bras.
  Ma Fille est l'objet de sa flâme,

Aujourd'huy de ma main elle attend un Espoux,
C'est luy que je choisis.

STENOBE'E.

Ciel, que me dites-vous?
Choisir Bellerophon! & qui l'auroit pû croire?

LE ROY.

Ses Exploits l'ont rendu digne de cette gloire.

STENOBE'E.

Songez-vous que Pretus vous demanda sa mort?

LE ROY.

Les Dieux ne m'ont point fait arbitre de son sort.

STENOBE'E.

Quoy, vous soûtenez un Coupable?

LE ROY.

Quoy, vôtre haine est implacable?

TOUS DEUX.

Ah, cessez de vous obstiner.

LE ROY.

Malgré vôtre jalouse envie,

STENOBE'E.

Malgré vos soins pour luy sauver la vie,

TOUS DEUX.

Il merite {*le prix* / *la mort*} *que je luy veux donner.*

On entend

On entend icy des Timbales & des Trompetes.

STENOBE'E.

A ce bruit êclatant je connois qu'il s'avance.
Ie ne vous dis plus rien, mais vous devez songer,
Que si vous negligez le soin de ma vangeance,
Ie suis Reyne, & puis me vanger.

Apres que Stenobée est sortie, on voit entrer vne Troupe d'Amazones, & de Solymes enchaî-nez, dont ceux qui les conduisent portent les Ar-mes. La Marche que cette Troupe fait sur le Theatre est vne espece de Triomphe pour Belle-rophon qui entre apres que les Amazones & les Solymes ont passé devant le Roy, & pris leur place.

SCENE V.

LE ROY, BELLEROPHON, Troupe d'Amazones, & de Solymes.

LE ROY.

Venez, venez, goûter les doux fruits de la gloire,
Qui dãs tout l'Vnivers vous fait tant de jaloux.

BELLEROPHON.

Seigneur, quand on combat pour vous
N'est-on pas seur de la victoire ?

B

LE ROY.

Apres avoir rangé deux Peuples sous mes Loix,
Prince, vôtre rare vaillance
Demeureroit sans recompense
Si ma Fille n'estoit le prix de vos exploits.
Vous l'aimez, elle vous aime,
Soyez heureux, j'y consens.

BELLEROPHON.

Ah Seigneur! puisje encor me connoistre moy-mesme?

LE ROY.

La valeur obtient tout des cœurs reconnoissans.

Vn Heros que la gloire éleve
N'est qu'à demy recompensé,
Et c'est peu si l'amour n'acheve
Ce que la gloire a commencé.

BELLEROPHON.

Surpris de tant d'honneurs je ne puis que me taire.
Quel service assez grand pouvoit les meriter?
J'eusse esté trop temeraire
Si j'eusse osé m'en flater,
Moy qu'un Frere a chassé d'Ephyre,
Ou mon Pere Glaucus avoit donné la Loy.

LE ROY.

Estre l'appuy de mon Empire,
C'est meriter assez d'y regner apres moy.

Qu'aucun ne garde icy des sujets de tristeße.
A vos Captifs je rends la liberté.

BELLEROPHON, aux Amazones & aux Solymes

Faites tous voir vôtre allegreße
En sortant de captivité.

Le Roy & Bellerophon estant sortis, ceux qui ont conduit les Amazones & les Solymes, leur ostent les fers, & rendent l'espée aux unes, & la lance aux autres.

AMAZONES.

Quand un Vainqueur est tout brillant de gloire,
Qu'il est doux de porter ses fers !

SOLYMES.

Celuy qui nous soûmit commande à la Victoire,
Il soûmettra tout l'Vnivers.

CHOEUR des Amazones & des Solymes.

Disons cent fois ce qu'on ne peut trop dire,
Heureux qui vit sous son empire!

Les Amazones & les Solymes commencent icy leurs Danses, & chantent ensuite les paroles suivantes, dont chaque couplet se chante apres une Entrée.

AMAZONES & SOLYMES.

Faisons cesser nos alarmes,
Goûtons les biens que rend la liberté.

B ij

Celuy dont chacun craint les armes
A fait finir noſtre captivité.
Vn ſort ſi plein de charmes
Met nôtre gloire enfin en ſeureté.

✳✳✳✳✳✳

Rompons le cours de nos larmes,
Nos déplaſirs ont aſſez éclaté.
Celuy dont chacun craint les armes
A fait finir noſtre captivité.
Vn ſort ſi plein de charmes
Met nôtre gloire enfin en ſeureté.

FIN DU PREMIER ACTE.

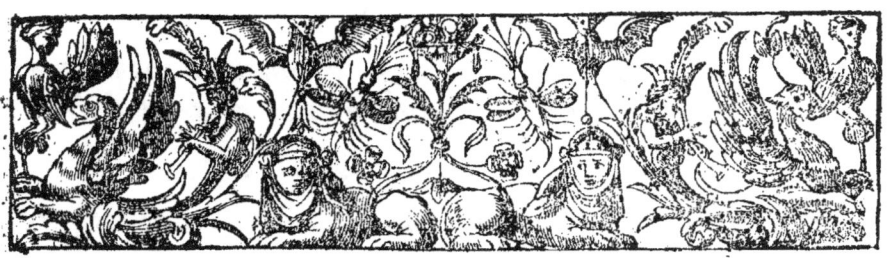

ACTE II

Le Theatre represente un Jardin delicieux, au milieu duquel paroift un Berceau en forme de Dôme, foûtenu à l'entour de plufieurs Termes. Au travers de ce Berceau on découvre trois Allées, dont celle du milieu eft terminée par un fuperbe Palais en éloignement. Les deux autres finiffent à perte de veuë.

SCENE PREMIERE.

PHILONOE', Deux Amazones.

AMOVR, mes vœux font fatisfaits,
Il m'eft doux de porter tes chaînes,
Et j'oublie aujourd'huy les peines
Qui de mon cœur avoient troublé la paix.
    Cruelles inquietudes,
    Soûpirs languiffans,
Si j'ay fouffert vos tourments les plus rudes,
Ie n'ay pas trop payé les douceurs que je fens.

I. AMAZONE.

Les douceurs que l'amour fait trouver dans ses chaînes,
Aux plus heureux Amans ont coûté des soûpirs.

II. AMAZONE.

Les plaisirs qui n'ont point commencé par les peines,
Ne sont jamais de vrais plaisirs.

PHILONOE'

Chantez, chantez la valeur éclatante
Du plus grand des Heros ;
Si la Lycie est triomphante,
C'est à luy qu'elle doit sa gloire & son repos.

I. AMAZONE.

Que de Lauriers sur une seule teste !
Avec luy la Victoire a peine à respirer.

II. AMAZONE.

De l'Univers entier il eût fait la conqueste,
Si son grand cœur n'eût sçeu se moderer.

Toutes deux.

Chantons, chantons la valeur éclatante
Du plus grand des Heros ;
Si la Lycie est triomphante,
C'est à luy qu'elle doit sa gloire & son repos.

SCENE II.

BELLEROPHON, PHILONOE',
AMAZONES.

BELLEROPHON.

PRinceſſe, tout conſpire à couronner ma flâme,
    Tout s'apreſte pour mon bon-heur.
Sentez-vous les plaiſirs qui regnent dans mon ame,
Et les meſmes tranſports charment-ils vôtre cœur?

PHILONOE'.

L'amour qui nous unit par de ſi douces chaînes
    A dés long-temps uny tous nos deſirs;
A vos ſoûpirs cent fois j'ay meſlé mes ſoûpirs,
    Et ſi j'ay partagé vos peines,
    Ie dois partager vos plaiſirs.

BELLEROPHON.

    Qu'un ſi doux aveu doit me plaire!
    Qu'il rend mon deſtin glorieux!

PHILONOE'.

    Quand ma bouche pourroit ſe taire,
    L'amour feroit parler mes yeux.

Tous deux.

Que tout parle à l'envy de nôtre amour extrême,

A ſes tranſports abandonnons nos cœurs,
Et pour goûter toûjours de nouvelles douceurs,
Diſons-nous cent fois ; je vous aime.

PHILONOE' voyant ſtenobée.

Prince, Adieu ; mon devoir m'appelle auprés du Roy,
Ie vous laiſſe le ſoin d'entretenir la Reyne.

BELLEROPHON.

Quel cruel ſupplice pour moy !

SCENE III.

STENOBE'E, BELLEROPHON, ARGIE.

STENOBE'E.

MA preſence icy te fait peine.

BELLEROPHON.

Il eſt vray, je frêmis lors que je vous revoy.
Quel deſtin ennemy vous améne en Lycie ?
Y venez vous chercher à troubler mon repos ?
Vous m'avez fait bannir d'Argos,
Ne verray-je jamais vôtre haine adoucie ?

STENOBE'E.

S'il te ſouvient des maux que je t'ay faits,

Qu'il

Qu'il te souvienne aussi de ma tendresse extrême ;
Ne me reproche point, ingrat, que je te hais,
   Ou reproche moy que je t'ayme.
J'ay tasché de te perdre, & j'ay crû le vouloir,
J'ay suivy les transports d'une aveugle vangeance,
Mais plus a mon amour j'ay fait de violence,
  Plus sur mon cœur il a pris de pouvoir,
Et je ne t'ay jamais haï qu'en apparence.

   BELLEROPHON.

Vous m'avez sans relâche accablé de mal-heurs,
Ie n'ay point reconnû l'amour dans vos fureurs.
Si l'amour quelque fois s'abandonne à la rage,
Il est toûjours amour mesme quand il outrage.
Mais vous, toûjours constante à me persecuter,
Vous n'avez espargné ma gloire ny ma vie,
  Et je ne dois rien écouter
  De ma plus mortelle Ennemie.

C

SCENE IV.

STENOBE'E, ARGIE.

STENOBE'E.

TU me quittes, cruel! arreſte. Il fait, helas!
Mon amour voit ſa honte, & n'en profite pas.

Vous ne ſçauriez guerir le mal qui me tourmente,
Foibles retours d'un impuiſſant dépit ;
Des meſpris d'un Ingrat ma flâme ſe nourrit,
Elle dévroit s'éteindre, & devient plus ardente.
L'amour trop heureux s'affoiblit,
Mais l'amour mal-heureux s'augmente.

ARGIE.

Quoy, vous pourrez toûjours ſouffrir
Qu'on vous brave, qu'on vous dédaigne ?

STENOBE'E.

Non, il faut dans ſon ſang que mon amour s'éteigne.
Perdons tout, faiſons tout perir.

SCENE V.

STENOBE'E, AMISODAR, ARGIE.

STENOBE'E.

VOus me jureᴢ *sans ceſſe une amour eternelle.*
Croiray-je, Amiſodar, croiray-ie vos ſerments?
   Me ſerez vous aſſez fidelle
Pour ne refuſer rien à mes reſſentiments?

AMISODAR.

  Lorſque l'amour vous aſſervit mon ame,
Vôtre inſenſible cœur devroit ſe contenter
   De ne pas reſpondre à ma flâme;
Pourquoy me faire encor l'outrage d'en douter?
   Vos froideurs, vôtre indifference,
   Me touchent moins que cette offenſe,
   Ie meurs pour vos divins appas,
Et viens vous demander pour toute recompenſe
   Que vous n'en doutieᴢ pas.

STENOBE'E.

Bellerophon m'a fait une mortelle iniure,
   Le Roy la connoiſt & l'endure,
Il le choiſit pour Gendre au lieu de le punir.
   Troublons l'Hymen qui ſe prepare
   Par vne vangeance barbare

Dont le seul souvenir
Fasse trembler tout l'avenir.

AMISODAR.

Ie puis de la nuit infernale,
Faire sortir un Monstre furieux:
Mais vous mesme tremblez d'exercer en ces lieux
Une vangeance si fatale.
Preparez-vous à voir nos Peuples allarmez,
Et nos Villes tremblantes.
Le Monstre couvrira de torrents enflamez,
Nos campagnes fumantes
Et nos champs ne seront semez
Que des restes affreux de Victimes sanglantes.

STENOBE'E.

Que ce Spectacle sera doux
A la fureur qui me transporte!
Hastez-vous, hastez-vous
De servir mon couroux,
Faites ouvrir la terre, & que le Monstre en sorte,
Hastez-vous, hastez-vous
De servir mon couroux.

AMISODAR.

Iusqu'au fond des Enfers ie vay me faire entendre,
Fuyez, Reine, fuyez;
Vos yeux seroient trop effrayez,
De l'horreur qu'en ces lieux mes Charmes vont répãdre.

SCENE VI.

AMISODAR feul.

QVe ce Iardin fe change en un Defert affreux.

Le Jardin difparoift, & l'on voit en fa place une efpece de prifon horrible taillée dans les Rochers, & percéé à perte de veüe, avec plufieurs Chaînes, Cordages, & Grilles de fer qui la rempliffent de toutes parts.

Noirs Habitans du féiour tenebreux,
Pour m'écouter dans vos Demeures fombres;
Redoublez, s'il fe peut, le filence des Ombres.
Et vous, à me fervir employez tant de fois,
Miniftres de mon Art, accourez à ma voix.

Quatre Magiciens & quatre Magiciennes paroiffent, & témoignent en dançant l'ardeur avec laquelle ils fe preparent à fervir Amifodar. Apres cette Entrée, d'autres Magiciens, au nombre de quatorze, viennent faire avec luy la Scene fuivante.

SCENE VII.

AMISODAR, MAGICIENS.

MAGICIENS.

PArle, nous voila prests, tout nous sera possible.

AMISODAR.

Faisons sortir un Monstre horrible.
Pour l'évoquer employez l'Acheron,
Le Cocyte, le Phlegeton;
Faites que vostre voix dans tout l'Enfer résonne.
C'est moy qui vous l'ordonne.

Les Magiciens se jettent icy contre terre pour
l'évocation,

MAGICIENS,

Par ce pressent commandement,
Promptement, promptement.
Que le Tenare s'ouvre,
Que l'Enfer se découvre;
Cocyte, Phlegeton, il nous faut du secours,
Pour nous entendre arrestez vôtre cours.

AMISODAR.

Poursuivez. Que pour moy vôtre pouvoir éclate;
Par Cerbere & la triple Hecate;

Parlez, preſſez, appellez & grand bruit,
Et la Mort & la Nuit.

Les Magiciens ſe jettent de nouveau contre terre.

MAGICIENS.

Nuit, Mort, Cerbere, Hecate, Erebe, Averne,
Noires Filles du Stix que la fureur gouverne,
Entendez nos cris, ſervez-nous,
Nous travaillons pour vous.

AMISODAR.

Le Charme eſt fait, les Monſtres vont paroiſtre,
La Terre s'ouvre, & me le fait connoiſtre.
Rendons aux ſombres Deïtez,
Les honneurs que de nous elles ont meritez.

La Terre s'ouvre, & on en voit ſortir trois Monſtres qui s'élevent au deſſus de trois Bûchers ardens, l'vn en forme de Dragon, l'autre de Lyon, & le dernier de Bouc. Trois des Magiciens montent deſſus ; Apres quoy, les quatre qui ont déſja dancé font une nouvelle Entrée avec les quatre Magicienens, pour marquer leur joye de ce que le Charme a reüſſi. Leur Dance eſtant finie, les trois Magiciens qui ſont ſur les Monſtres chantent alternativement les paroles ſuivantes avec les autres Magiciens.

MAGICIENS.

La Terre nous ouvre,
Ses Gouffres profonds,
L'Enfer se découvre.
Chantons, triomphons
On voit l'Onde noire
Pour nous s'arrester.
Victoire, Victoire, Victoire,
Nous avons la gloire
De tout surmonter.
Triomphe, Victoire,
Triomphe, Victoire,
Nous avons la gloire
De tout surmonter
Non, non, rien ne peut nous resister.

AMISODAR.

Vn Monstre seul causeroit peu d'effroy,
Il faut vnir ces trois Monstres ensemble.
Par un Charme plus fort & plus digne de moy,
Faisons qu'un seul corps les assemble,
Pour en venir à bout descendons aux Enfers
Les Gouffres nous en sont ouverts.
Tout s'abysme, & la Terre se referme.

FIN DU SECOND ACTE.

. ACTE

ACTE III.

Te Theatre reprefente le Veftibule du Temple fameux , où Apollon rendoit fes Oracles dans la Ville de Patare. Ce Temple paroift d'abord fermé dans le fond , & ne s'ouvre que lors que la Ceremonie commence à paroiftre.

SCENE PREMIERE.

STENOBE'E, ARGIE.

ARGIE.

QVE vous faites couler & de fang & de larmes

   Dans ces triftes climats
  Tout tremble , tout en eft en allarmes.
On voit regner par tout l'image du trefpas,
Et le Monftre animé par la force des Charmes
Marque de mille morts la trace de fes pas.

     D

STENOBE'E.

Lieux defolez, & remplis de carnage,
Campagnes où le Monftre a femé tant d'horreur,
Ne me reprochez point ma jaloufe fureur,
Dont voftre embrafement eft le fatal ouvrage;
L'amour defefperé qui regne dans mon cœur
  Vous vange affez de ce ravage.

ARGIE.

Quoy, vous ne goûtez point la fecrette douceur
  D'avoir troublé l'Hymen qui vous a outragé?

STENOBE'E.

Impuiffante vangeance! inutile fecours!
Dequoy peux-tu fervir quand on aime toûjours?
Les plus cruels tranfports que la fureur infpire
  Confolent mal un amour outragé.
Ce mal-heureux amour apres s'eftre vangé,
N'en fait pas moins fentir fon tyrannique empire,
Impuiffante vangeance! inutile fecours!
Dequoy peux-tu fervir quand on aime toûjours?

SCENE II.

LE ROY, STENOBE'E, ARGIE.

LE ROY.

QUe de mal-heurs accablent la Lycie?
Si le Ciel luy gardoit de ſi funeſtes coups,
Avant qu'il fiſt ſur elle éclater ſon couroux,
      Que ne m'a-t'il oſté la vie?
Ie ne vois en tous lieux que des marques d'effroy,
     Que des Objets qui m'épouvantent,
     Et je partage comme Roy
     Les maux que mes Sujets reſſentent.

STENOBE'E.

  Quand vous voyez vos Peuples abbatus,
Reconnoiſſez du Ciel la juſtice ſuprême.
Vous n'avez pas vangé l'injure de Pretus,
     Il la vange luy-meſme.
     Bellerophon Victorieux
Cauſe tous les mal-heurs dont voſtre cœur ſoûpire,
     C'eſt contre luy ſeul que les Dieux
     Ont envoyé le Monſtre furieux,
     Qui deſole tout voſtre Empire.
Que ſa valeur en delivre ces lieux,
     Puiſque ſon crime vous l'attire.

                    D ij

SCENE III.

LE ROY, BELLEROPHON,

BELLEROPHON.

Vous venez consulter l'Oracle d'Apollon?

LE ROY.

Ie viens luy demander ce qu'il faut que j'espere;
De mes Estats c'est le Dieu tutelaire,
Il écoute ma voix, quand j'implore son nom.

BELLEROPHON.

Ce Dieu qui cherit la Lycie
Dans ses mal-heurs voudra la secourir,
Et l'encens qu'en ces lieux vous luy venez offrir
Rendra du Ciel la colere adoucie.
Mais quand le Monstre immole à sa fureur
Tout le sang qu'il trouve à répandre,
Verray-je sans rien entreprendre
Que par luy dans ces lieux tout soit remply d'horreur?

LE ROY.

Ah, Prince, songez-vous que trois Monstres ensemble
Sont unis dans ce Monstre affreux?
A son aspect il n'est rien qui ne tremble,
De sa brûlante haleine il pousse mille feux.

BELLEROPHON.

Ces trois Monſtres unis n'ont rien qui m'épouvante;
Plus le Combat coûte au Vainqueur,
Plus la Victoire eſt éclatante,
Et c'eſt ce qui flate un grand Cœur.

SCENE IV.

LE ROY, PHILONOE', BELLEROPHON.

PHILONOE'.

SEigneur, à vôtre voix je viens joindre la mienne,
Aux vœux que vous offrez, je viẽs méler mes pleurs,
Et demander au Ciel que la Lycie obtienne
La fin de ſes mal-heurs.

LE ROY.

Contre le Monſtre qui les cauſe
Bellerophon veut employer ſon bras.
Conſentirez-vous qu'il s'expoſe?

PHILONOE'.

Ah, vous-meſme Seigneur, vous n'y conſentez pas;
Souffrirez-vous qu'il coure ou la mort eſt certaine?

BELLEROPHON.

On court à la Victoire en s'expoſant pour vous,
Croyez-en l'ardeur qui m'entraîne.

Helas! sans les frayeurs dont la Lycie est pleine,
Ie serois désja vostre Espoux.

PHILONOE'.

Esperons tout des Dieux ; un violent orage
Améne quelquefois le calme le plus doux.

LE ROY.

Le Temple s'ouvre ; entrons, & par un juste hommage
Meritons que le Ciel appaise son couroux.

Le Sacrificateur paroist avec ses Ministres,
& un grand nombre de Peuple qui entre dans le
Temple en dançant. Apres la premiere Dance, le
Chœur du Peuple chante les paroles qui suivent.

SCENE V.

LE ROY, BELLEROPHON, PHILONOE',
SACRIFICATEUR, MINISTRES du Temple,
CHOEUR de Peuple.

CHOEUR de Peuple.

L E mal-heur qui nous accable
Demande un Dieu favorable.
Entens nous, grand Apollon,
Par la défaite du Serpent Python ;

Par l'éclat de la gloire
Qui ſuivit ta victoire,
Viens nous ſecourir.
Hâte-toy, ſauve-nous, où bien nous allons perir.

Il ſe fait icy une ſeconde Entrée, apres laquelle
le Peuple chante ce ſecond couplet.

Nos ſoûpirs te font connoiſtre
Le mal-heur qui les fait naiſtre.
Entens nous grand Apollon,
Par la défaite du Serpent Python;
Par l'éclat de la gloire
Qui ſuivit ta Victoire,
Viens nous ſecourir.
Haſte-toy, ſauve nous, ou bien nous allons perir.

SACRIFICATEUR.

Reçois, grand Apollon, reçois ce Sacrifice,
Fais que le Ciel nous ſoit propice.

CHOEUR de Peuple.

D'un Cœur ſoûmis nous t'adreſſons nos vœux,
E'coute un Peuple mal-heureux.

SACRIFICATEUR verſant du vin ſur la teſte de la Victime.

Par ce vin répandu fais ceſſer nos allarmes,
Arreſte le cours de nos larmes.
Tu vois quel triſte ſort nous accable aujourd'huy;
Preſte-nous ton appuy.

Vous qu'à me seconder un zele ardent anime,
Avancez, il est temps d'immoler la Victime.

Les Ministres du Temple s'avancent auprés du
Sacrificateur , & immolent la Victime.

CHOEUR de Peuple.

Dieux , qui connoissez nos mal-heurs ,
Laissez-vous toucher de nos pleurs.

SACRIFICATEUR monstrant le cœur de la Victime.

Esperons , je ne voy que Signes favorables.
Nos vœux au Ciel doivent estre agreables.

Il jette le cœur & les entrailles dans le feu.

CHOEUR de Peuple.

Aprés un augure si doux ,
Tâchons de meriter que les Dieux soient pour nous.

Le peuple dance icy à l'entour du feu, & chante
ensuite ce premier couplet.

Montrons nostre allegresse,
Ne parlons plus de chagrin.
Renonçons à la tristesse ,
Nos mal-heurs vont prendre fin.
Quand le Ciel est propice à nos vœux,
Bannissons l'ennuy qui nous presse,
Nous allons tous estre heureux.

Le

Le Peuple continuë ſa dance, & chante ce ſecond
couplet.

Le Ciel veut qu'on eſpere,
Il adoucit ſon couroux.
Noſtre hommage a ſçeu luy plaire,
Tout s'eſt declaré pour nous.
Banniſſons les ſoûpirs de ces lieux ;
Ne craignons plus rien de contraire,
Nos maux ont touché les Dieux.

SACRIFICATEUR.

Tout m'aprend qu'Apollon dans nos vœux s'intereſſe,
Redoublez à l'envy vos marques d'allegreſſe.

Le Peuple commence une nouvelle Dance à l'entour du Feu, & chante les paroles qui ſuivent.

Aſſez de pleurs
Ont ſuivy nos malheurs ;
De noſtre zele
Voy l'adeur fidelle.
C'eſt en toy ſeul que noſtre eſpoir eſt mis.
Viens de nos maux adoucir les atteintes.
Finis nos plaintes
Calme nos craintes.
Fléchy pour nous les Deſtins ennemis.
L'Amour languit troublé de nos alarmes.
Rapelle icy tous ſes charmes,
Toy que ſes traits ont tant de fois ſoûmis

E

Un Monstre affreux
Nous rend tous mal-heureux.
Fay de sa rage
Cesser le ravage.
C'est en toy seul que nostre espoir est mis.
Viens de nos maux adoucir les atteintes,
Finis nos plaintes,
Calme nos craintes,
Fléchy pour nous les Destins ennemis.
L'Amour languit troublé de nos alarmes;
R'apelle icy tous ses charmes,
Toy que ses traits ont tant de fois soûmis.

SACRIFICATEUR.

Digne Fils de Latone & du plus grand des Dieux,
Parle, & daigne regler le destin de ces lieux.

L'Autel qui a parû s'enfonce, & la Pythie sort
de son antre les cheveux épars. En mesme temps
on entend de grands éclats de Tonnerre. Le Temple tremble, & on le voit tout brillant d'éclairs.

LA PYTHIE.

Gardez tous un silence extrême,
Apollon vous entend & va parler luy-mesme.
Son approche désja fait briller les éclairs,
Entendez resonner le sifflement des airs.
Escoutez le bruit du Tonnerre,
Voyez trembler & le Temple & la Terre,
Il va parroistre, je le voy;
A son aspect fremissez comme moy.

La Pythie se panche vers la Terre, tandis qu'A-
pollon paroiſt en Statuë d'or, & prononce l'Oracle
qui ſuit

APOLLON.

Que voſtre crainte ceſſe.
Un des Fils de Neptune appaiſera pour vous
Le celeſte couroux.
Pour l'en recompenſer, il faut que la Princeſſe
Le prenne pour Eſpoux.

La Pythie s'enfonce dans l'Antre d'où elle eſt ſor-
tie. Apollon diſparoiſt, & le Peuple ſe retire.

LE ROY A BELLEROPHON & A PHILONOE.

Vous l'avez entendu, je n'ay rien à vous dire,
Ie plains vos déplaiſirs, comme vous j'en ſoûpire,
Mais rien n'eſt preferable au repos de ces lieux;
Soûmettons-nous aux Dieux.

SCENE VI.

BELLEROPHON, PHILONOE,

BELLEROPHON.

Dans quel accablement cét Oracle me laiſſe !

PHILONOE.

Ah, cruelle ſurpriſe !

BELLEROPHON.

O funeste revers!
Quoy? je vous pers, belle Princesse?

PHILONOE'.

Quoy? Bellerophon, je vous pers?

TOUS DEUX.

Helas! n'avons nous eû le destin favorable,
Que pour mieux ressentir le coup qui nous accable?

BELLEROPHON.
Mes vœux alloient estre contents

PHILONOE'.

Iamais sort n'eust esté plus heureux que le nostre.

TOUS DEUX.

Qui croiroit que deux cœurs si tendres, si constans,
Ne fussent pas destinez l'vn pour l'autre?

BELLEROPHON.

Vous ne serez donc point à moy?
Quel prix d'une ardeur si fidelle!

PHILONOE'.

N'y pensons plus.

BELLEROPHON.

Quoy? vous pourrez, cruelle,
Engager ailleurs vostre foy?

PHILONOE'.

Brifez, brifez une fatale chaîne.
Quand j'ay receu l'hommage de vos vœux,
Ie croyois que le Ciel confentiroit fans peine
  Que l'Hymen nous rendift heureux,
Et je n'attendois pas l'Oracle rigoureux
  Qui nous facrifie à fa haine.

BELLEROPHON.

Non, non, quoy qu'il ait ordonné,
On ne verra jamais que mon amour s'éteigne,
Ie n'examine point ce qu'il faut que je craigne
De l'Oracle fatal qui vient d'eftre donné.
Que le deftin jaloux d'une flâme fi belle
  Me porte encor des coups plus rigoureux;
    Au moins je puis eftre fidelle,
  Si je ne fçaurois eftre heureux.

PHILONOE'.

Se peut-il que le Ciel contre un amour fi tendre
  Exerce toutes fes rigueurs?

BELLEROPHON.

De fes ordres cruels l'Amour doit-il dépendre?

TOUS DEUX.

Aimons nous malgré nos mal-heurs,
Ce n'eft pas au Deftin à feparer les cœurs.

FIN DV IIIᵉ ACTE.

ACTE IV.

Des Rochers fort hauts & fort efcarpez, couverts de Sapins & d'autres Arbres folitaires, font la Decoration de cét Acte. Au fond du Theatre paroift un Rocher de la méme hauteur, & garny des mémes Arbres. Il eft percé par trois Grotes, au travers defquelles on découvre un Païfage à perte de veuë.

SCENE PREMIERE.

AMISODAR.

QVEL Spectacle charmant pour mon cœur
amoureux !
Ces Morts de tous coftez étendus dans
les plaines
Me font de feurs garands de la fin de mes peines;
Tout perit pour me rendre heureux.
Fontaines, tariffez; embrafez-vous, Montagnes,
Brûlez, Forefts, fechez, Campagnes,

Toutes les horreurs que je voy
Sont autant de sujets de triomphe pour moy.

Quand on obtient ce qu'on aime,
Qu'importe à quel prix ?
Que tout l'Vnivers surpris
Condamne l'amour extréme
Qui couste tant de sang, de larmes, & de cris,
Quand on obtient ce qu'on aime,
Qu'importe à quel prix ?

SCENE II.

ARGIE, AMISODAR,

ARGIE.

IL faut, pour contenter la Reyne,
Rendre le Monstre à l'eternelle nuit ;
Bellerophon au desespoir reduit
S'apreste à le combattre, & sa perte est certaine ;
Mais cette prompte mort finit trop tost sa peine.
Quand un fatal Oracle est contraire à ses vœux,
S'il ne souffre long-temps, il n'est point mal-heureux.
Puis qu'un Fils de Neptune épouse la Princesse,
Laissez vivre l'Ingrat dans ses jaloux transports ;
Voir aux mains d'un Rival l'Objet de sa tendresse,
C'est tous les jours endurer mille morts.

AMISODAR.

Le laiſſer vivre! O Dieux! que faut-il que je penſe?
Ie voy pour luy la Reyne s'alarmer
Lors que ſa mort eſt preſte à remplir ſa vangeance.
Eſt-ce le haïr ou l'aimer?

ARGIE.

Monſtrez que voſtre cœur ne cherche qu'à luy plaire,
Pourquoy penetrer dans le ſien?
Quand l'Objet aimé parle, un Amant doit tout faire,
Et n'examiner rien.

AMISODAR.

Non, non, que mon Rival periſſe,
Eſt-ce à moy d'empécher qu'il ne perde le jour?

ARGIE.

Il faut faire à la Reine encor ce Sacrifice,
Ou renoncer à voſtre amour.

VOIX derrriere le Theatte.

Tout eſt perdu, le Monſtre avance,
Sauvons-nous, ſauvons-nous.

AMISODAR.

Le Monſtre aproche, éloignez-vous.

ARGIE.

Ciel, contre ſa fureur embraſſe ma défenſe.

SCENE

SCENE III.

UNE NAPE'E, ET UNE DRYADE
ensemble.

PLaignons, plaignons les maux qui defolent ces
lieux
Les pleurs qu'ils font couler devroïet toucher les Dieux.

DRYADE.
Il n'est plus d'herbes dans les plaines.

NAPE'E.
Il n'est plus d'eaux dans les Fontaines.

DRYADE.
Tout perit.

NAPE'E.
Tout tarit.

DRYADE.
Quel excés d'ennuis !

NAPE'E.
Quelles peines !

NAPE'E & DRYADE.
*Plaignons, plaignons les maux qui defolent ces lieux,
Les pleurs qu'ils font couler devroient toucher les Dieux.*

F

SCENE IV.

DIEUX des Bois, Une NAPE'E & vne DRYADE.

DIEUX DES BOIS.

LEs Forefts font en feu, le ravage s'augmente,
Ce n'eft par tout qu'épouvante & qu'horreur.

NAPE'E & DRYADE.

Du Monftre comme vous nous fentons la fureur,
Voyez cette Plaine brûlante.

DIEUX DES BOIS.

Helas! que font-ils dévenus
Ces Bois dont nous faifions nos retraites tranquilles?

NAPE'E & DRYADE.

Ces Eaux qui ferpentoient dans ces Plaines fertiles,
Ces Eaux, helas! ne coulent plus.

DIEUX DES BOIS.

Que de triftes alarmes!

NAPE'E & DRYADE.

Que de fujets de larmes!

Tous enfemble.

Pour adoucir le Ciel qui voit tant de malheurs,
Ioignons nos foûpirs & nos pleurs.

SCENE V.

LE ROY, BELLEROPHON.

LE ROY.

AH Prince! ou vous emporte une ardeur trop
    guerriere ?
En vain à cent perils on vous a veu courir,
En vain voftre grand nom remplit la Terre entiere,
Vous cherchez un Combat ou vous allez perir.

BELLEROPHON.

Ie ne vay point combattre un Monftre redoutable
Pour remplir de mon nom l'Vnivers étonné,
    Ie vais, Amant infortuné,
    Fi . . . . fort trop déplorable.
    Cent fois, jufqu'à ce trifte jour
J'ay hazardé ma vie en cherchant la victoire.
    Ce que j'ay fait animé par la gloire,
Ne le pourrai-je faire animé par l'amour?

LE ROY.

    Suivre un amour trop temeraire,
C'eft vous livrer vous-mefme au plus funefte fort.

BELLEROPHON.

Accablé de mal-heurs, puis-je craindre la mort?

LE ROY.

Ménagez voſtre vie, elle m'eſt toûjours chere.
Par ces aïmables nœuds
Que je vous deſtinois avec mon Diadéme,
Par la Princeſſe meſme.
Accordez, accordez quelque choſe à mes vœux.
Ie vais faire à Neptune offrir un Sacrifice.
Allons ſçavoir ſes volontez,
Peut-eſtre il nous ſera propice.

BELLEROPHON.

En vain, Seigneur vous me flattez,
Puis qu'à ſon Fils vous devez la Princeſſe,
Au moins en combattant laiſſez-moy faire voir
Que mon amour meritoit ſa tendreſſe.

LE ROY.

Ah, que je crains pour vous ce fatal deſeſpoir :
Adieu, quand le peril ne vous peut émouvoir ;
Ie dois vous cacher ma foibleſſe.

On commence à voir icy tout le Païſage de l'en-
foncement du Theatre, remply de feu & de fumée,
pour marquer le dégaſt que fait la Chimere dans le
Païs.

SCENE VI.

BELLEROPHON.

HEureufe mort, tu vas me fecourir
Dans mon mal-heur extrême,
Ie cours m'offrir au Monftre affeuré de perir,
Mais je m'en fais un bien fuprème.
Quand on a perdu ce qu'on aime,
Il ne refte plus qu'à mourir.

On voit icy Pallas dans un Char de Nüages du cofté droit, & en mefme temps paroift un autre Char vuide qui defcend jufques fur le Theatre du cofté gauche.

SCENE VII.

PALLAS dans fon Char, BELLEROPHON.

PALLAS.

ESpere en ta valeur, Bellerophon, efpere,
Pallas defcend du Ciel pour t'offrir fon fecours.

BELLEROPHON.

Déeſſe , en vain tu prens ſoin de mes jours ,
Quand la mort ſeule peut me plaire.

PALLAS.

Ton ſort eſt marqué dans les Cieux ,
Viens, monte dans ce Char, & t'abandonne aux Dieux.

Bellerophon monte dans le Char , & eſt enlevé ſur
le Ceintre , avec Pallas. Cependant on entend le
Peuple qui exprime ſa deſolation par ces Vers.

CHOEUR DE PEUPLE derriere le Theatre.

Quelle horreur ! quel triſte ravage !
Le Monſtre redouble ſa rage.

Pendant qu'on entend les cris des Peuples épou-
vantez, la Chimere paroiſt au fond du Theatre , &
en meſme temps Bellerophon monté ſur Pegaſe, fond
du haut de l'air , & apres un premier Combat avec
la Chimere , il ſe ſauve dans les airs , & traverſe tout
le Theatre.

CHOEUR DE PEUPLE derriere le Theatre,
pendant le combat de Bellerophon.

Vn Heros s'expoſe pour nous,
Dieux , ſoûtenez ſon bras , & conduiſez ſes coups.

Bellerophon fond une ſeconde fois ſur la Chimere,
au milieu du Theatre , & apres qu'il a diſparu un

moment en s'élevant fur le Ceintre , il paroiſt pour
la troiſiéme fois , deſcend fur le devant du Theatre,
attaque de nouveau la Chimere , la bleſſe à mort,
& ſe ſauve en lair , faiſant ſon vol en rond, & apres
trois tours, on le voit ſe perdre dans les nuës. Cependant la Chimere tombe morte entre les Rochers;
ce qui donne lieu à la joye que marque le Peuple
par les Vers ſuivants.

CHOEUR DE PEUPLE derriere le Theatre.

Le Monſtre eſt défait. Quelle gloire !
Bellerophon remporte la victoire.

FIN DU IV. ACTE.

ACTE V.

‹ Le Theatre represente une grande avant-court d'un Palais qui paroist élevé dans la Gloire. On y monte par deux grands degrez qui forment les deux costez de cette Decoration en ovale, & qui sont enfermez par deux grands Bâtimens d'Architecture, d'une hauteur extraordinaire. Les deux Degrez & les Galleries qui les environnent, sont remplis des Peuples de la Lycie assemblez en ce lieu pour y recevoir Bellerophon que Pallas doit ramener apres la défaite de la Chimere.

SCENE PREMIERE.

LE ROY, PHILONOE', CHOEUR DE PEUPLE.

LE ROY.

REPAREZ vos chants d'allegresse,
Peuples, c'est en ce lieu que pour nostre
*   bon-heur*
Pallas doit ramener un illustre Vain-
*   queur,*
Que le Ciel pour Espoux destine à la Princesse.

Enfin

Enfin nos vœux ont reüßi,
Vn Oracle confus faiſoit noſtre infortune ;
Mais cét Oracle eſt eſclaircy,
Bellerophon eſt le Fils de Neptune.
Pour nous le declarer, dans ſon Temple, à nos yeux,
Ce Dieu des Mers vient de paroiſtre ;
Luy-meſme pour ſon ſang a daigné reconnoiſtre
Ce Heros glorieux.
D'une Nymphe jalouſe il craignit la colere,
Et quand Bellerophon receût de luy le jour,
Il voulut que Glaucus feigniſt d'eſtre ſon pere ;
Il revient Triomphant, celebreƵ ſon retour.

CHŒUR de Peuple.

Viens, digne Sang des Dieux, joüir de ta victoire,
Chacun eſt charmé de ta gloire,
Et pour chanter tes grands exploits,
Nous allons tous joindre nos voix.

LE ROY.

Et toy, ma Fille, abandonne ton ame
Aux tranſports de ta flâme.
Bellerophon t'eſt donné pour Eſpoux.

PHILONOE'.

Apres tant de rudes alarmes,
Pouvons nous trop goûter les charmes
D'un changement ſi doux ?

LE ROY.

Qu'il eſt grand ce Heros, qui ne voit point d'obſtacles
Que le Sort contre luy ne forme vainement !

G

PHILONOE'.

Pour tout vaincre, il suffit qu'vn Heros soit Amant,
La valeur & l'amour font toûjours des miracles.

TOUS DEUX.

La Valeur & l'Amour, font toûjours des miracles.

CHOEUR de Peuple.

O jour pour la Lycie à jamais glorieux,
Où le Sang de nos Rois s'unit au Sang des Dieux!

S C E N E II.

LE ROY, STENOBE'E, PHILONOE',
ARGIE, CHOEUR de Peuple,

LE ROY.

VEnez *vous partager l'allegresse publique?*
Enfin pour nous le Ciel s'explique,
Neptune a reconnu Bellerophon pour Fils.

STENOBE'E.

Ie sçay tout. Dieux cruels, vous l'avez, donc permis?

LE ROY.
Bellerophon cause-t'il cette plainte?

STENOBE'E.

C'est luy seul, il est vray, qui fait mon desespoir.
Du plus ardent amour, j'eûs pour luy l'ame atteinte,

Et pour toucher son cœur j'ay manqué de pouvoir.
Toûjours l'ingrat dédaigna ma tendresse ;
Preste à luy voir enfin espouser la Princesse,
J'ay voulu renverser vos odieux projets.
Amisodar m'aimoit, j'ay fait agir ses Charmes,
Et le Monstre par luy remplissant tout d'alarmes,
N'a versé que pour moy le sang de vos Sujets.

LE ROY.

Le Traistre ! qu'on l'arreste.

STENOBE'E.

Il s'est mis par la fuite
A couvert de vostre poursuite ;
Mais il traisne avec luy son crime & son amour.

LE ROY.

Quoy, le Ciel souffre encor que vous voyiez le jour ?

STENOBE'E.

J'ay prevenu tout ce que peut sa haine.
La justice que je me rends
M'a fait par le poison mettre fin à ma peine.
Je le sens qui désja coule de veine en veine,
Désja le jour se cache à mes regards mourants.
Vous, de qui la rigueur m'a toûjours poursuivie
Avec ses plus funestes traits,
Dieux inhumains, j'abandonne la vie ;
Estes vous satisfaits ?
Et toy, cruel Amour, reçois une Victime
Que tu cherchois à t'immoler ;
Je meurs pour expier le crime

G ij

Des feux dont tu m'as fait brusler.
Ie n'ay pû m'affranchir de ton barbare empire
Qu'en renonçant au jour;
Voy mes derniers soûpirs, impitoyable Amour,
Iexpire.

PHILONOE.

Quel excés de fureur?

LE ROY.

Sa mort en est le prix,
Mais oublions & son crime & sa peine,
Voicy Bellerophon que Pallas nous raméne,
Son Triomphe doit seul occuper nos esprits.

On voit Pallas dans un Char, & Bellerophon avec
elle. Tandis qu'elle descend, le Peuple marque sa
joye par le son des Timbales, des Trompettes, & de
tous les autres Instruments.

SCENE III.

PALLAS, LE ROY, BELLEROPHON,
PHILONOE', CHOEUR de Peuple.

PALLAS.

Connoissez le Fils de Neptune
Dans ce jeune Heros.

A sa seule valeur vous devez le repos
Qui succede à vostre infortune.
Pallas le raméne en ces lieux.
C'est luy qui doit espouser la Princesse,
Faites en tous paroistre vne entiere allegresse,
Et rendez grace aux Dieux.

Bellerophon descend du Char, & Pallas est en-
levée sur le Ceintre.

BELLEROPHON A PHILONOE'.

Enfin je vous revoy, Princesse incomparable.

PHILONOE'.

O changement à mes vœux favorable!

TOUS DEUX.

Quel plaisir de voir en ce jour
Le Destin ceder à l'Amour!

LE ROY.

Ioüissez des douceurs que l'Hymen vous prepare,
Vivez heureux, vivez toûjours Amants.
Que tous vos moments
Soient doux & charmants,
Et qu'un bon-heur sans fin répare
Ce qu'un sort rigoureux vous causa de tourments.

On entend icy les Timbales & les Trompetes,
& tous les autres Instruments, dont le son se mesle
aux acclamations du Peuple qui chante les Vers
suivants.

CHOEUR de Peuple.

Le plus grand des Heros rend le calme à la Terre,
Il fait cesser les horreurs de la Guerre.
Ioüissons à jamais
Des douceurs de la Paix.

Neuf Lyciens se détachent, & font icy une Entrée, apres laquelle le Peuple chante les deux couplets qui suivent, au mesme son des Timbales, des Trompetes, & de tous les autres Instruments.

CHOEUR de Peuple.

Les plaisirs nous preparent leurs charmes,
Ne songeons plus qu'à passer de beaux jours.
Si le Ciel nous fit verser des larmes,
Vn heureux sort en arreste le cours.
Puis qu'un Heros fait cesser nos alarmes,
Cherchons les jeux, les ris & les amours.

❊❊❊❊❊

Que la paix qui succede à la peine
Fait aisément oublier les soûpirs !
Si le Ciel nous soûmit à sa haîne,
Vn heureux sort satisfait nos desirs.
Dans les beaux jours qu'un Heros nous raméne,
Cherchons les Ris, les Ieux, & les plaisirs.

F I N.